こうえん
いせや

さくら文葉 作

ぼくのとうさん わたしのおかあちゃん

フロネーシス桜蔭社

目次

ぼくのとうさん

ぼくのとうさんは、市の清掃のしごとをしています。台風の日も雪の日も、カラスにつつかれてちらばったゴミも、残さず集めます。夏には、暑さで清掃車が、とてもくさくなるんだそうです。でも、とうさんは、〝たいへんだ〟なんて、一度だっていったことがありません。

「ひかるのオナラより、ずっとましだ」って、わらっていうんです。

とうさんのしごとは、朝が早いので、夕方には帰ってきます。それで、ほんとうにときどきなんだけれど、学校帰りのぼくと、公園のわきの道で、バッタリ会うことがあります。

ぼくは、それがすごくうれしい。

家のなかではあたりまえなのに、どうして外でぐうぜんとうさんに会うことが、こんなにもうれしいんだろうって思います。

とうさんは「よっ！」といって、かた手を高く上げます。

それを見ただけで、ぼくはもう全力ダッシュです。すると、とうさんはこしを落として、おすもうさんのようなかまえをする。それから「さぁ、来いっ！」っていうから、ぼくは、思いっきり体当たりでだきつきます。

そうすると、とうさんは、わざとひっくり返って、ぼくを両うでささえながら、「リフト！」とかいって、ぼくの体をちゅうにうかせる。そのくせ、「うわぁ～、重い！　おまえ、太ったな」なんていうから、「ちがうよ！　大きくなったんだよ」って、いいかえすんです。

とうさんは起き上がりながら「まだまだ、チビスケだ！」って、今度はぼくの頭をクシャクシャになでまわすので、とうさんそっくりのモシャモシャ頭になります。ぼくのほうが、かみは短いけれど、ぼくたちはどこから見ても、にたもの親子です。ぼくのじまんです。

とうさんはたいてい「しょうわやに、よっていくか」って、ぼくに聞きます。ぼくは、うんうんうん、と何度もうなずきます。とうさんは自分がいいだしたことなのに、「しょうがないな」って、わざとこまったような顔をします。だからぼくは、そういうことにしてあげます。

「しょうわや」っていうのは、とうさんが、勝手に名づけたお店の名前です。ほんとうは、「いせや」という名前のわがしやさんなんだけれど、わがしだけでは食べていけないからって、シュークリームを売ったり、アイスクリームを売ったりしています。冬には、自家せいおでんも登場するので、それを見たとうさんが、「昭和時代のだがしやみたいだな」っていいました。それからとうさんが、この店を「しょうわや」とよぶようになったんです。だから「しょうわや」っていうのは、ぼくととうさんだけしか知らない、ふたりだけの名前なんです。

ぼくたちは、ほとんどきまって、ソーダ味のアイスキャンデーをえらびます。かたくてつめたいので、ぼくはハクハクいいながらかじります。「うまいよな」って、とうさんがいうから、ぼくはまた、うんうんうん、と何度もうなずきます。

食べおわると、とうさんはぼくのかたをだいて歩きます。そうすると、とうさんはちょっとにおう。これはあせと、たぶんゴミのにおいです。

夏の暑い日、とうさんのにおいがとてもきついときがあった。ちょっと気持ちの悪くなるにおいでした。かたをだかれての帰り道、ほんとうは、とうさんからはなれたかったけれど、ぼくは息をとめてがまんしました。苦しくなると、パッ、と口から息をはいて、口から息をすう。パッ、スーッ。パッ、スーッ。これを何度かくりかえしているうちに、ほんとうに苦しくなりました。

そしたらとうさんが、「おまえ、なにやってんだ」といいました。それからとうさんはうでをはずすと、真っ赤になったぼくの顔をのぞきこんで、聞きました。「暑さにやられたか」。ぼくは、「うん」とこたえました。

とうさんは、しゃがんでせなかをむけました。「乗れ」。ぼくは、「くさいから、やだ」とはいえないので、「はずかしいから、やだ」といいました。とうさんは、「そんなこと、いってる場合か」と、いいました。

それで、しかたなく、とうさんにおんぶされることになっちゃった。さっきより悪いじょうきょうになっちゃったんです。すると、とうさんがいいました。

「今日は、ゴミの水、頭からかぶっちゃってさ。ほら、回転板が、ゴミをなかにおしこむだろう。そのとき水気を切っていない大量のざんぱんのふくろが、はれつしたんだよ。シャワーあびても、においがとれなくてさ。ちょっとくさいけど、がまんしろよな」って。

とうさんたちは一日のしごとが終わると、冬でもあせびっしょりになるので、みんなおふろにはいったり、シャワーをあびたりして帰ってくるのだそうです。でも、毎日のしごとでついたにおいは、かんたんには消えない。だって、ものすごい量のゴミのなかでしごとをしているんだもの。

それに、とうさんたちのしごとは、ゴミを集めるだけではないんです。集めたゴミをきちんと分別されているかしらべてから、しょうきゃくろにいれます。ぼくもしょうきゃくろまでいって、しごとを見せてもらったことがあるけれど、とてもくさいし、暑いし、それで十分もいられなかった。とうさんもなかまの人たちも、「子どもには、むりだよな」って、わらっていって、そこから出してくれたけど、ぼくはとてもはずかしかったです。外に出てふりかえったとき、あんな、がまんのところで、ゴミとたたかっているとうさんたちが、ウルトラマンに見えてきました。

だから清掃の人たちは、水色の作業服はやめて、ウルトラマンに合うような、かっこいい服にするべきなんだ。

とうさんたちは、すごくたいへんなしごとをしているのに、水色の作業服にヘルメット、それに白い長ぐつでは、かっこ悪すぎです。ぼくはとうさんが、あのかっこうで、ゴミを集めているのを見るのはすきではありません。友だちに、見られたくありません。どうしてかってよくわからないけれど、友だちに見られるのは、はずかしいような気がする。

でも、ウルトラマンみたいに、かっこよかったら、はずかしくないと思うんです。たんけん家のようなかっこうも、いいんじゃないかな。

じつはこのあいだ、同じクラスのいじめっこが、とうさんのことをバカにしたんです。

ろうかを走ってきた、いじめっこのバクダンは、ぼくと、ぶつかりそうになると、

「どけよ！　ゴミやのむすこ！　オライ、オライ、オライ～」って、ゴミを拾って、車に投げ入れるまねをしながら、ベーをして走りさった。

いっしゅんのできごとに、ぼくはなにもいいかえせませんでした。

〝ゴミやなんかじゃない！〟って、どうしてすぐに、いいかえせなかったんだろう。

ぼくは、あいつもゆるせないんだけど、とうさんをバカにされっぱなしにした自分も、ゆるせなかった。

あいつも、自分も、けっとばしたい！

そのときから、ぼくはとうさんのことを少しだけ、さけるようになってしまったんです。とうさんは、ちっとも悪くないし、ちっとも前とかわらないのに。

そんなときにかぎって、ぼくはとうさんと、公園のわきの道でバッタリ会ってしまった。それでもぼくは、やっぱりすごくうれしくて、かけだしそうになりました。

でもそのとき、ぼくの気持ちのどっかで〝待って〟という声がしたんです。ぼくはハッとして、あたりを見回しました。ぼくは、まわりにだれもいないかをたしかめるようになっちゃったんです。それからとうさんにだきついたんだけど、とうさんぼくのこと、へんだなって思わなかったかなって、心配になりました。

その日は「しょうわや」の帰りも、かたをだかれないように、少しはなれて歩きました。こんなことははじめてでした。ぼく、ほんとうは、とうさんとぴったりからだをくっつけて、ふざけながら歩きたかったんだよ。においだって、ぜんぜん気にならなかったよ。

それから、一週間たった火曜日のことです。

火曜日は、じゅぎょうさんかんがあった日曜日のふりかえ休日でした。

ぼくがうちにいると、とうさんがとてもきげんよく帰ってきたので、ぼくはボーナスがでたのかなって思いました。とうさんたら、自分のたんじょう日でもあんまりうれしそうにしないのに、ボーナスの日はうれしそうだったからです。

とうさんはぼくを見ると、ぼくにおでこをくっつけて、わざとじまんそうにいいました。

「とうさん、おまえの友だちと、〝男のやくそく〟をかわしたぞ」

ぼくはドキッとして、気持ちがざわざわしました。だって、ぼくとだってまだ、〝男のやくそく〟なんて、したことがなかったからです。ぼくは、おいてけぼりにされたような気持ちになりました。

ところが、それが、〝大じけん〟だったんです。

どうしてかっていうと、とうさんが〝男のやくそく〟をした相手っていうのが、とうさんのことを〝ゴミや〟ってバカにした、バクダンだったからです。

とうさんは、知らないんだ！

ぼくは、とうさんから、あいつの名前を聞いたとき、顔がボッとあつくなって、頭はドカンと、火山がばく発するみたいになった。

とうさんのしごとをバカにしただけじゃなく、とうさんのことまで、からかっているんじゃないかと思うと、ぜったいにゆるせなかったからです。

今度こそ、あいつをやっつけてやる！

ぼくはとうさんをつきはなすと、げんかんにかけて行きました。

ぼくは、本気だったんです。

本気で、とうさんのかたきをとるために、あいつをなぐりに行こうとしたんです。

そのとき、

「知ってるよ」

とうさんは、くつをはくぼくのすぐうしろにやってきて、いいました。

それから、外で会ったときみたいに、ぼくの頭をクシャクシャってなでました。

「あの子から、聞いたよ。あの子がとうさんのこと〝ゴミや〟ってよんだこと。

ひかるは、このことをずっとひとりで、こころのなかに、しまっておいてくれたんだよね」

ぼくは、鼻のおくがツンといたくなって、なみだがあふれてきました。

ぼくが、うででなみだをかくすと、とうさんはぼくの前にまわって、ぼくのうでをそっととりました。それから自分のむねにぼくをうずめると、ギュッとしました。

「今朝のことだよ」と、とうさんは、いつもよりしずかな声で、ゆっくりとはなしはじめました。

今朝は、いつもよりゴミの量が少なくてね。早くもどれるな、と思って車に乗りこむと、バックミラーに、全速力で走ってくる男の子がうつったんだ。それがあの子だったんだよ。

あの子、バクダンってよばれているんだってな。自分で頭かきながら、教えてくれたよ。

バクダンは、ゴミとまちがわれて出されてしまった大切なものをとりかえしにきたのさ。でもとうさんの車は、かれがもとめていた〝古紙・古着〟の車ではなかった。

「ぼうずには気のどくだが、そりゃ、むりなはなしだな」と、なかまのひとりがいった。

「市内をまわっている〝古紙・古着〟の車は一台じゃないし、それらが集めてきた大量の古着のなかから、ひとつをえらびだすなんてことは、ふかのうなんだよ」

バクダンのほてって真っ赤になった顔が、みるみるなき顔にかわっていった。でもかれはくいさがったよ。

「ゴミの収集所に行けば、さがさせてもらえますか」

とうさんは、〝こいつは本気だな〟って思った。だから、

「本気でとりかえしたいのなら、自分でゴミの収集所へ行って、かのうか、ふかのうか、自力でさがせるのか、さがせないのか、自分自身でたしかめたらいい。おれがそこまでは、あんないしてやる」と、いったんだ。

「おじさん、ありがとう！」

バクダンはいっしゅんにして、顔をかがやかせると、頭をさげた。

古着っていうのは、もえるゴミをしょうきゃくろに入れるのとはちがう。地域によってもちがうだろうけれど、ここで

は、古着をせんもんにあつかう業者にひきわたすんだ。だからさがすとしたら、わたすまでの数時間が、勝負だな。

　とうさんたちが、収集を終えてもどってくると、バクダンは、もう門のところで待っていた。とうさんは、かれをなかに入れながら、所長さんのきょかをとってくることと、まだしごとが残っているから、少し待ってもらうことをいった。

　それから、名前と学校名を聞くと、ひかるのクラスメートじゃないか！


「なんだ、おまえ、三年三組って、ひかるの友だちか！」

　とうさんがそういうと、バクダンは、「えっ！」と、息をのんで、びくっとかたをふるわせた。

それから、まるでおばけでも見てしまったかのような、おびえているんだか、うろたえているんだか、わからないような顔つきになって、とうさんのことを見た。

そんなにおどろくようなことじゃないだろうと、ふしぎに思うくらいにね。だからこいつは、今日のことをよっぽど知られたくはないんだなって、思ったのさ。

「心配するな。今日のことは、だれにもいわない」

「それだけじゃなくて…」

バクダンは、さっきまでのいきおいはどこへやら、すっかりしょぼくれてしまったんだ。

とうさんが、しごとを終えてもどってきても、かれはまだ、下を向いたままだった。

「とくべつに、所長さんから、きょかをだしてもらったよ。とくべつだぞ。

でも一時間かぎりだ。一時間たったら、さがせなくても、そのときはあきらめること。そしてきちんと、所長さんにお礼に行くこと。いいか」

バクダンは、うなだれたままうなずいた。それでも、なかなか立ち上がらないので、

「どうした?」とたずねると、かれは、

「おじさん、ぼく…」といって、やっと立ち上がった。それから、

「ぼく…、ぼく…」というと、そのあとがつづかなかった。

だからとうさんは、

「なにかはなしがあるのなら、あとで聞くことにしよう」って、いったんだ。

なにしろ、さがせる時間は一時間しかなかったからね。

バクダンが、やっと「はい」といったので、ふたりして、古着の山へ向かった。

この山を見ただけで、とうさんなら、あきらめるけれど、かれは、

「ぼく、自分ひとりでさがします」といった。根性(こんじょう)のあるヤツだよ。それでとうさんは、外に出た。そして残り十五分というときに、ようすを見にいくと、バクダンは、むがむちゅ

うで、古着とかくとうしていたよ。

「残り十五分だ。手伝うよ。さがしもののとくちょうを教えてくれ」

バクダンは、ハッとしてふり向いたあと、強くうなずいて、

「おねがいします」といった。


「なぁ、ひかる。

〝あきらめない〟っていうのは、たいしたもんだなぁ…」


「これか!」

とうさんは、五十九分、五十九秒に、かれのたからものをさがし当てたんだよ。

それからふたりで、所長さんのところへ、お礼にいった帰りのことだ。

バクダンは、とうさんの前にまわると、とうさんの顔をまっすぐに見て、

「おじさん、ぼく、おじさんに、あやまらなければならないことがあるんです」と、いった。

「ぼく、おじさんのことを〝ゴミや〟って、いったんです。ひかるくんに〝ゴミやのむすこ〟って、いったんです」

そういうと、バクダンはまた顔をふせてしまった。


とうさんはこのあいだから、なんとなくひかるのようすが

へんだったことを思い出した。

「ゴミやのしごとをどう思った？」

「すごくたいへんなしごとだと思いました」

「それから？」

「それから…？」


とうさんたちは外に出て、木かげのベンチに、ならんで、すわった。

真正面で向かい合うより、かたをならべたほうが、はなしやすいだろうと思ったからね。

「君は、肉がすきか？」

「はい、すきです」

「君が肉を食べるとき、それは小さく、食べやすいかたちになっているけれど、もともとは、それが人間の手によって、大切に育てられた動物だってことは、わかっているよね。

その大切に育てられた動物が、小さな食べやすいかたちになるまでのかていをそうぞうしたことはあるかい？」

かれは、なにもこたえなかった。

「いのちあるもののかたちをかえる。つらいことだけれど、だれかがしなければならないしごとだ。世のなかには、人がすすんでしたいと思わないしごともたくさんある。ゴミを集めるしごとも、そのひとつかもしれないね。でも、こういうしごとというのは、毎日の生活のなかで、とてもひつようとされているし、欠かせないものなんだ。だから、このしごとにつく人は、みんな、社会の一員としての大切なやくわりをになっている、というほこりをもってやっているんだよ。
スポーツせんしゅのような、かっこいいしごとはあるかもしれないけれど、つまらないしごとや、かっこ悪いしごとなんて、なにひとつ、ないんだよ」

「ひかるだって、わかっているよね」

ぼくは「うん」と強くうなずいたあとで、とうさんに聞きました。
「ところで、バクダンの〝たからもの〟って、いったいなんだったの？」

「それは、ちょっといえないな。かれといわないってやくそくしたんだよ」

「そんなのないよ、ぼくにもいえないなんて！」

「いくら、相手がひかるでも、やくそく、っていうものは、守らなきゃいけない。それが〝男のやくそく〟さ！」そう、とうさんはいいました。

ぼくは、口をとがらせてみせたけれど、とうさんは、ぼくのアヒルになった口をチョンとつまんで、わらっただけでした。


ところが数日後、ぼくはぐうぜんにも、バクダンの〝たからもの〟を知っちゃったんです。

かあさんと、スーパーマーケットまで、買いものに行ったときのことです。

バクダンのかあさんは、スーパーマーケットではたらいているんだけれど、ぼくたちに気がつくと、ならべていた牛乳パックのケースをゆかにおいたまま、とんできました。

それから、頭がひざにくっつくくらい深いおじぎをして、何度もお礼をいいました。そして、おばあちゃんに、買ってもらった〝キツネのぬいぐるみ〟が、どれだけむすこにとって、大切なたからものであるかをはなしてくれました。

あのいじわるな、いばりんぼうが、〝キツネのぬいぐるみ〟だって!

ぼくは、バクダンが、キツネのぬいぐるみをだいて、ねているところを思いうかべると、おなかのそこから、おかしさがクックックックッ、わらいがヒッヒッヒッと、こみ上げてきて、すんごくニタニタ顔になってしまいました。

「あの子ったら、古着の山にとびこんで、すごいいきおいで、古着をより分けながら、キツネをすくいだしてくれた、ひかるくんのとうさんのことをまるでウルトラマンみたいだって、いっていました」

〝あっ、ぼくと、おんなじだ！〟

ほんとうは今すぐにでも、クラスじゅうのみんなに、バクダンの弱みになるひみつをばらしてやりたい気持ちだったんだけど、ウルトラマンは、やくそくをやぶらないいんです。

帰り道、ぼくはかあさんに、
「ぼく、おばさんのはなし、聞かなかったことにするよ」って、いいました。

そしたらかあさんは、ぼくと手をつないで、いいました。
「そういう、ひかるのやさしいところは、かあさんにそっくりね」

おとなは、ちょうしいいんだなぁ！

今日も、ぼくのとうさんは、市の清掃車に乗っています。

ときどき教室に、清掃車の合図である〝おお、まきばはみどり〟が、ながれてくると、〝とうさんの車かな〟って思います。〝そうだと、いいな〟って思うと、なんだかドキドキしてきます。

このことをとうさんにはなしたら、「ドキドキっていうのは、すきな子にするもんだぞ」って、わらわれました。

ぼくは、〝ほんとかな〟って、思っています。

わたしのおかあちゃん

わたしのおかあちゃんは、居酒屋で働いています。以前は、スーパーマーケットのレジで働いていましたが、「もっと、かせがなくちゃ」といって、居酒屋で働くようになりました。わたしはスーパーにいてくれたほうが、いつでも会いに行けるのでよかったんだけど、お金がないのもこまるので、しかたありません。

　おかあちゃんは、わたしが学校から帰って来るのを玄関で待っていてくれます。

　それからわたしたちは、両手でバトンタッチをします。今度はおかあちゃんが出かける番だからです。おかあちゃんは、二、三度ふりかえって、「宿題は早くしなさい」だとか、「弟とケンカをしないようにしなさい」だとか、毎日ほとんど同じことをいったあと、自転車をとばして、出かけて行きます。わたしはもう四年生なんだから、だいじょうぶなのに。

お店が開くのは五時半からです。でもおかあちゃんは三時半にはお店にはいります。準備があるからです。おかあちゃんの担当は、そうじと接客、それと、やきとりです。やきとりは、お店の看板メニューで、一番の人気なんだそうです。それをおかあちゃんが、まかされているのです。

やきとりの準備は、とり肉をねぎといっしょにくしにさしていくことです。最初おかあちゃんは、とり肉が真ん中にうまくささらない、といっていました。それが今ではみんなから、〝くしさし名人〟とよばれているんだそうです。

それからときどき、お店の前でティッシュ配りもします。

アルバイトの女子大生にまじってティッシュを配るのです。

「おかあちゃんも、女子大生にまちがえられちゃうかな！」

なんてわらっていっているけど、ほんとうかな。ほんとうははずかしいんじゃないかな。だって、女子大生のなかの四十歳は、どこから見てもりっぱなおばさんだからです。おかあちゃんのティッシュだけ残らなければいいのにって、いつも心配になるのです。


このあいだ、おかあちゃんのティッシュ配りを塾に通っているクラスの何人かに見られた。女子大生にまじって、ティッシュを配っているところを見られちゃったんです。

「おまえんとこのおばさん、きのうお店のかっこうをして、はちまきまいて、大きな声で、ティッシュを配ってたでぇ。おばさん、はりきってたでぇ！」って、からかわれました。

わたしは、とてもはずかしかったです。みんなに見られるなんて、おかあちゃんのバカって思ってしまった。おかあちゃん、悪くないのに…。そう思ってから、かなしくなりました。

おかあちゃんは夜の七時に帰ってきて、いっしょに夕飯を食べてくれます。たった一時間なので、わたしと弟はおかあちゃんの取り合いです。聞いてもらいたいことが、たくさんあるからです。それは弟も同じです。それでつい、わたしと弟はおかあちゃんを取り合ってケンカになることがあります。だいたいは弟が泣いて終わります。弟はずるいんです。泣けば、おかあちゃんにだっこしてもらえるから。

でも弟はまだようち園生なので、わたしは山ではおこっても、心のなかではゆるしてあげているのです。弟はぜんぜんわかっていないけど、わたしはおかあちゃんがいないとき、弟のおかあちゃんのつもりでいるんだよ。

おかあちゃんは八時すぎには、もうもどらなければなりません。おかあちゃんの休けい時間は、一時間十五分だからです。十五分というのは、夜中の小休けい時間を合わせているのです。だからおかあちゃんには、夜中の小休けい時間がありません。だいじょうぶかなって、これも心配になります。

おかあちゃんは、

「店長さんがいい人だから、こっそり休ませてくれるのよ」っていいます。

じつは、この店長さんも、わたしの心配のひとつなんです。どうしてかっていうと、この店長さんはおかあちゃんが休みのときに、たまぁになんだけど、しごとのことで、電話をかけてくるからです。

「だれから?」って、わたしは知っているのにわざと知らないふりをして、おかあちゃんをせめるように聞きます。それでもおかあちゃんが、長ながとうれしそうにはなしをしていると、はらがたってきます。

先々週の土曜日、お店に工事がはいることになり、お店がりんじのお休みになりました。わたしも弟も、大喜びです。だって日曜日のお休みは、そうじやせんたく、買いものなんかで、一日があっというまにすぎちゃうからです。

そんななかで、わたしたちの小さな楽しみは、おかあちゃんといっしょに買いものに行った帰りの公園で、三人でブランコに乗りながら、アイスを食べたり、おしゃべりをしたりすることです。

ときどき、おにごっこもします。おかあちゃんのおには、迫力満点です。それは、おかあちゃんが〝なまはげ〟のまねをするからです。

「なぐごはいねが〜、うちのごはいねが〜」と、いいながら、にんじんを角のかわりにして、大がにまたでせまってくるのです。わたしも弟も、キャーキャーいって、にげまわります。

そのかっこうを見た近所のおじさんが、

「あんたんとこのおかあちゃんは、エライ！　女であることをわすれて、〝なまはげ〟になりきっておる！」といって、ほめてくれました。それを聞いたおかあちゃんは、

「これって、すなおに喜んでいいのかねぇ…」って、わたしに聞くので、

「エライ！ っていうんだから、喜んでいいんだよ」と、いってあげました。

でも、そのあとすぐ、ふたりして大わらいしました。

土曜日はお弁当を持って、動物園に行くことになりました。

でも、その日の朝、おかあちゃんはお弁当も作らないで、もたもたしていました。

「はやくお弁当を作らないと、出かける時間がおそくなるよ！」と、さいそくすると、

「あのさぁ、今日のお弁当のことなんだけどね。お店の店長さんが、動物園まで届けてくれるっていうのよ」って、いうんです。

「どういうこと⁉」

わたしは、今日が大雨になるより、ショックでした。

どうしてかっていうと、わたしたち三人のなかに、店長さんが入ってくるなんて、こんな一大事をわたしたちに、相談

してくれなかったからです。ずっとおかあちゃんが、かくしていたからです。

それに、わたしたち三人のお楽しみを店長さんにはなしていた、ってことも気にいりません。〝三人は、ひみつを作らない〟っていったのは、おかあちゃんなのに。


「おかあちゃん、ずるいよ！」わたしは、おかあちゃんをにらんで、ケンカっぽくいいました。おかあちゃんはなにもいわないで、ちょっとだけうなずきました。

「あたしたちが、今日をどれだけ楽しみにしていたか、おかあちゃんだってわかっているはずなのに！」おかあちゃんは、またちょっとだけうなずきました。

「こんな一大事、どうしてもっとはやく、いってくれなかったの！」

弟が心配そうな顔をして、わたしとおかあちゃんを交互(こうご)に見ています。

いつもだったら、ぜんぜん気にならない時計の音が、カチカチカチカチと大きな音でひびいています。

おかあちゃんは、うつむきかげんだった顔を上げると、わたしと弟のうでに手をかけて、ひざをゆかにつけました。それから、おかあちゃんは、あやまるように一度頭をさげてから、いいました。

「ごめん。ふたりに相談をしなかったおかあちゃんが、悪かった。

でもね、おかあちゃんも、ずっと迷っていたの。おかあちゃんも今日は親子水入らずで、ふたりを思いっきり遊ばせてあげようと思っていたからね。

そしたら今週になって、店長さんが、『土曜日のお休みはどうするの？』って、聞いてきたから、動物園に行くことをはなしたら、店長さんのご実家が、動物園のすぐ近くだっていうのよ。それで、お弁当の差し入れのはなしになったというわけ。

店長さん、いつもおかあちゃんのはなしに出てくるあなたたちと、いつかいっしょに遊びたいなぁって、いっていたからね。

でも店長さんが来ることをふたりはどう思うかなぁ、やっぱり三人だけのほうがいいのかなぁ、って考えると、なかなかいい出せなくなっちゃってね。それで、ずるずると決められないまま、今日になっちゃったの。

　おかあちゃんが、ひとりでぐずぐず考えていないで、もっとはやく、ふたりに相談するべきだったのよね。ほんとうに、ごめん」

　おかあちゃんは、わたしと弟のかたをだいて、ギュッと自分のほうにひきよせました。

　それなのにわたしは、おかあちゃんのうでをふりはらうと、

「やだやだ！　ぜったいいやだからね！　店長さんが、あたしたちのなかに入ってくるなんて、ぜったいいやだからね。おかあちゃんのお弁当じゃなくちゃ、ぜったい食べないか

らね！」と、いいはりました。
おかあちゃんは、まゆを八の字によせて、〝やっぱりね…〟という、こまった顔をしました。でも、ためいきをひとつつくと、あとはいつものおかあちゃんにもどって、

「それでは、はりきって、とびきり上等なお弁当を作るとしますか！」と、うでをまくりました。

〝とびきり上等なお弁当〟っていったって、なかみは、おかかのはいったおむすびと、あつやきたまごと、ウインナと、冷凍の唐揚げくらいなものなんだけど、それでもそれは、〝とびきり上等なお弁当〟なんです。

わたしもお弁当作りを手伝いました。おかあちゃんがするみたいに、長いさいばしを使って、五個のたまごをかきまぜ

ました。わたしのかきまぜるカッカッカッカッカッカッカッ、っていう音は、さっきまで、やたらと大きな音をひびかせていた時計の音と重なって、だんだん時計の音を消していきました。それでやっと、わたしたち三人の時間がもとのように動き出した気がしたんです。

動物園のある駅をおりると、駅のすぐ前が動物園の入り口になっていました。たくさんの人が動物園に向かって歩いて行きます。

店長さんは自転車をとめて、動物園の券売機（けんばいき）の前で待っていました。

おかあちゃんは、店長さんを見つけると、かけよって行って、頭をペコリとさげました。わたしと弟も、あとからついて行きました。そして、わたしたちの決めたことをはなしました。

店長さんはそれを聞いても、いやな顔はぜんぜんしないで、「いやぁ、おかあちゃんのたまごやきとウインナに負けましたかぁ…」とわらって、頭をかきました。そして、自転車の荷台から、ふろしきに包まれた重箱のお弁当を取り出すと（それは見るからに、りっぱなおかずが、いっぱい入っていそうでした）、「それではしかたがないので、サルにでも試食してもらいましょうか」と、いったのです。

「ほんとう〜？」弟はびっくりして、店長さんを見上げながら、大きな声でいいました。

店長さんは、弟の前にしゃがみこむと、重そうな重箱をひざの上でかかえて、まるで、ないしょのはなしでも始めるかのように、あたりをちらっ、ちらっと見回しました。それから声をひそめて、真剣な顔でいいました。

「実はこのなかには、これからお店で出そうと考えている、まだひみつの新作が入っているのです。ほんとうは、この新作のどくみ、いやいや…、試食と感想を今日は聞きたかったのです」

それから、わたしに向かって、たずねてきました。

「試食なら、してもらえますか？」

「ぼく、試食したい！」と弟がこたえました。

「試食くらいなら、いいんじゃない？」って、おかあちゃん

もいいました。二対一ではかなわないので、わたしは、
「試食だけだよ」と、いいました。それを聞いた店長さんたら、
「よかった！　サルより、子どもの舌のほうがましですか
ら！」なんて、いうんです。
「ひどい！」思わず、わたしもわらってしまいました。それ
から、
「わたしの採点は、おかあちゃんや、弟のようにあまくない
よ」と、いいました。
　すると店長さんは、わざとのけぞって、
「ぼくは気が弱いので、からくちの感想は、こわくて直接聞
けません。だから、ここで失礼します！」そういって自転車
にまたがると、さっさと帰ってしまったんです。

でも新作の試食なんかじゃないってことは、お弁当を開いてすぐにわかりました。
だって、おかずはどれも四人分で、おはしも四ぜん入っていたから。

その日、楽しみにしていたライオンはねてばかりで、やる気のない王さまだっだし、キリンはおくのほうに行ったきりで、前に出てきてくれませんでした。
試食をしそこねたサルたちは、わたしたちにはおかまいなしで、自分たちだけで楽しんでいるみたいでした。

でもお弁当だけは、おかあちゃんのも、店長さんのも最高でした。

　思ったとおり、弟とおかあちゃんの採点は、百点満点でした。わたしは、っていうと、〝きびしい感想をいうぞ！〟って思って口に入れたのに、かんだしゅんかん、おいしさが口のなかに広がって、〝あっ！〟と思ってしまった。そして、その顔をおかあちゃんと弟に、ばっちり見られちゃったんです。弟はわたしを指さして、

「おねえちゃん、おいしいんだ！」っていって、わらいました。わたしは、

「まぁ、おいしいけど…」って、いってみたものの、そのあとが続きませんでした。

　店長さんの作ってくれた、試食というお弁当は、デザート

に焼いてくれたバナナのパウンドケーキまで、ほんとうにおいしかったです。

くやしいけど、新メニューは、合格！

最後にフラミンゴを見ました。フラミンゴはとてもたくさんの数がいて、水辺に群れをつくって立っていました。からだがピンク色をしていて、とてもきれいです。立ったまま、あまり動かないので、ひるねをしているのかと思いました。

でも飼育係の人が、えさを持って出てきたら、その人に、じしゃくのようにくっついていったので、ねたふりをして、ごはんの時間を待っていただけなのかもしれません。みんな食いしんぼうなんです。

飼育係の人が、フラミンゴが美しいピンク色をしているのは、食べているえさの色が赤い色だからなんだと教えてくれました。

食べているものが、からだに出るんです。食べるものや、食べることって、大切なんだなぁ！

楽しくって、おいしかった特別の土曜日が終わり、またいつものようにおかあちゃんのしごとが始まりました。

おかあちゃんは日曜日の休日以外、お店を休むことはありません。少しくらい熱があっても、自分のたんじょう日でも、お店に行くのです。

「自分のたんじょう日くらい、休めばいいのに」って、いったら、

「お店の人が、おいわいしてくれるからいいんだよ」って、わらっていいました。

でもわたし、知ってるよ。ほんとうは、休んでお金がへるのがこまるからなんだよね。

だって、おかあちゃん、わたしたちのたんじょう日には、

「おたんじょう日は、この世に生まれてきた大切な記念日だから、家族みんなでおいわいしようね」っていって、お店を休んで、ちゃんとおいわいをしてくれるでしょ。だったら、自分のたんじょう日だって、同じことなのに。

きのうは、おとうちゃんのたんじょう日でした。

おかあちゃんはしごとを休んで、ごちそうを作ってくれました。それなのに、ケーキは三つしか買ってこなかった。

「おとうちゃんの分がないよ！」というと、

「おとうちゃん、あまいもの、好きじゃないから」というので、

「好きじゃなくても、主役のケーキがないのはおかしい！」

と、いってやりました。

おかあちゃんは、「そうかぁ…」といって、自分のショートケーキを二つに分けました。それから、分けたひとつにいちごをのせて、ぶつだんにそなえました。

おかあちゃんは、手を合わせながら、

「今日はおたんじょう日、おめでとうございます。ケーキが

半分ですみませんでした」と、大きな声でいいました。だからわたしも、うしろに立って、

「おかあちゃんをおゆるしください」と、大きな声でいいました。

でもおかあちゃんたら、かねをチーンとならすと、さっさとケーキをおろしてきた。

「そんなに短かったら、おとうちゃん、食べるひまがないよ」

というと、

「おとうちゃん、早食いだもの。アツアツのラーメンをすごいいきおいで食べたでしょう」というので、わたしは真っ赤になってラーメンを食べているおとうちゃんを思い出して、おかしくなりました。ほんとうにおとうちゃんは、早食い王

だったのです。

　そしておとうちゃんは、大食いで、食べることも大好きでした。いつもどんぶりめしをわっしわっしとかきこんでいました。わたしと弟が食べていると、うしろから、頭をごしごしなぜて、いいました。

「しっかり食べるんだぞ。残したらいけんよ。生きものの大切ないのちをいただいているんだから、むだにしたらいけんよ」って。


　たんじょう日のごちそうはカニでした。カニはおとうちゃんの大好物です。とても大きくて、おいしかったです。三人できれいに残さず食べました。

「おとうちゃんのたんじょう日のごちそうが、一番ぜいたくだね」というと、

「一番大切な人なんだから、とうぜんでしょ！」と、おかあちゃんがいいました。

　わたしは、わたしより、おとうちゃんのほうが大切だっていわれているのに、なんだかとてもうれしかったです。それから、おなかとむねのあたりが、トクトクとあたたかくなってきて、ここにおとうちゃんがいたときみたいに、安心した気持ちになりました。

　今日も、おかあちゃんは、自転車をとばして、居酒屋へ行ってしまいました。

おかあちゃんは、居酒屋で働くようになってから、スカートをはいていません。毎日ズボンで動きまわっています。

だからわたしは大きくなったら、おかあちゃんに、うんとおしゃれをさせてあげたいです。

それから、ごうかなレストランへ行って、おかあちゃんのたんじょう日をおいわいするのです。

あとがき

「ぼくのとうさん」は、三重県の小学校に通っていた光くんの詩に着想を得て、物語にしました。同様に「わたしのおかあちゃん」も、えりかちゃんの詩がヒントになっています。

ほんものの光くんが、おとうさんを思う気持ちにはかなわないけれど、子どもたちが書いた詩を物語にすることで、子どもたちから親への想いを少しでも伝えられたら、と思いました。

これら二つの作品は、親のしごとがモチーフとなっています。

ふだんあまり考えたことはないかもしれないけれど、私たちのまわりにあるすべてのものは、だれかのしごとによってできあがっています。

今、読んでいるこの本も、読みながら食べたお菓子やその袋も、これから見ようとしているテレビやテレビを動かす電気も、全部だれかのしごとによるものです。

そう考えるとしごとの種類というのは計り知れない。それがどんなしごとであっても、そのしごとに携（たずさ）わる人が自分のしごとを誇（ほこ）りに思って励（はげ）み、その子どもたちも、親のしごとを誇りに思ってエール（応援）をおくることは、すてきなことだなぁと思います。

同時に、担うしごとがあるということは、私たちの生活に、そして社会に、なくてはならない存在だということでもあります。

しごとを素材にしたこの作品が、家族の絆、友だちとの関係、ひいては地域や社会とのつながりを感じたり、考えたりするきっかけにもなってもらえたらうれしいです。

最後になりましたが、光くんたちに詩のご指導をされ、紹介してくださった小掠先生に、心から感謝いたします。子どもたちの詩はのびのびとしていて、うまく書こうというわざとらしさがありませんでした。また一つひとつの詩に、みんな物語がありました。

詩の朗読会を開いたとき、少してれながら「ぼくのとうさん」を読んでくれた光くんも、いつか「とうさん」とよばれる日がきて、次の世代へと、新たな物語を紡いでいくことでしょう。

そしてみなさまにとりましても、これから紡いでいく物語が、希望とともに、たくさんの人とつながっていきますように。

さくら　文葉

ぼくのとうさん　わたしのおかあちゃん

*

2020年11月1日　第1版第1刷発行

作

さくら文葉

発行者

石川文子

発行

有限会社フロネーシス桜蔭社

〒181-0013 東京都三鷹市下連雀2-12-12-202

電話：0422-40-2171　ファクシミリ：0422-40-2172

発売

株式会社メディアパル（共同出版者・流通責任者）

〒162-8710 東京都新宿区東五軒町6-24

電話：03-5261-1171　ファクシミリ：03-3235-4645

ブックデザイン

鈴木成一デザイン室

イラストレーション

サイトウホヤ

印刷

株式会社文伸

製本

大村製本株式会社

ISBN978-4-8021-3198-8

さくら文葉
（さくら・ふみは）

1961年生まれ。青山学院大学卒業。
教科書会社勤務を経て、2000年にフロネーシス桜蔭社を設立。
著書に『王さまのスプーンになったおたまじゃくし』（PHP研究所）、
編著に（本名の石川文子で）『くじらぐもから チックタックまで』
『おとなを休もう』（両作品ともフロネーシス桜蔭社）などがある。

社名のフロネーシスとは、
古代ギリシアの哲学者、アリストテレスのことばで、
毎日の生活のなかで、善悪を分別し、状況に応じた適切な判断ができる
実践的な知恵のことです。

やきとり
生ビール